WIR GEHEN ZUR
SCHULE!

# 我们这样去上学!

[德] 莉娜·谢弗 著　　风雷 译

海峡出版发行集团 | 海峡书局
THE STRAITS PUBLISHING & DISTRIBUTING GROUP

# 前言

每天早上，你也许是乘公共汽车或骑自行车去上学，又或者你的爸爸妈妈会开车送你去学校。想象一下，你在上学的路上碰见一头大象，或者你得骑马去学校，那会是怎样的情形？你也许会说，这听起来太不可思议了。但对生活在印度或阿根廷某些地区的孩子们来说，这却是他们的日常生活。世界上有许许多多不同的国家和地区，这些国家和地区的孩子们上学的方式也各不相同。印度城市里的有些孩子乘坐人力三轮车去上学，巴布亚新几内亚丛林深处的孩子们划着小船去上学，瑞士山区的孩子们则需要乘坐索道车翻山越岭去上学。有的孩子乘坐校车去学校，不一会儿就到了；有的孩子则要花一个多小时才能到学校。

世界各地的教室也不都是一样的。在有些国家，比如印度或肯尼亚，孩子们有时甚至会在户外上课。有些学校有电脑，而有些学校只有纸和笔。

在这本书里，你会认识来自七个不同国家和地区的小朋友们，了解他们的家庭生活和学校生活。你会发现世界各地的孩子们的家庭和学校生活，既有很多不一样的地方，也有很多相同之处。当然了，即便是同一个国家的孩子们，也并不都过着同样的生活。就像你的朋友们都住在不同的房子里，你早餐喜欢吃麦片而你的朋友喜欢吃烤面包一样，那些同样居住在印度或非洲的孩子们的生活也各不相同。此外，无论在瑞士还是阿根廷，乡村里的生活和城市里的生活都有很大区别。这本书里介绍的几个家庭是这些国家和地区的许许多多家庭的缩影。你想认识他们吗？那就让我们和娅米拉、莫里茨、斯文尼娅、丽拉、玛丽茜萨、瓦伦缇娜、杰瑞一起去上学吧！

# 目录

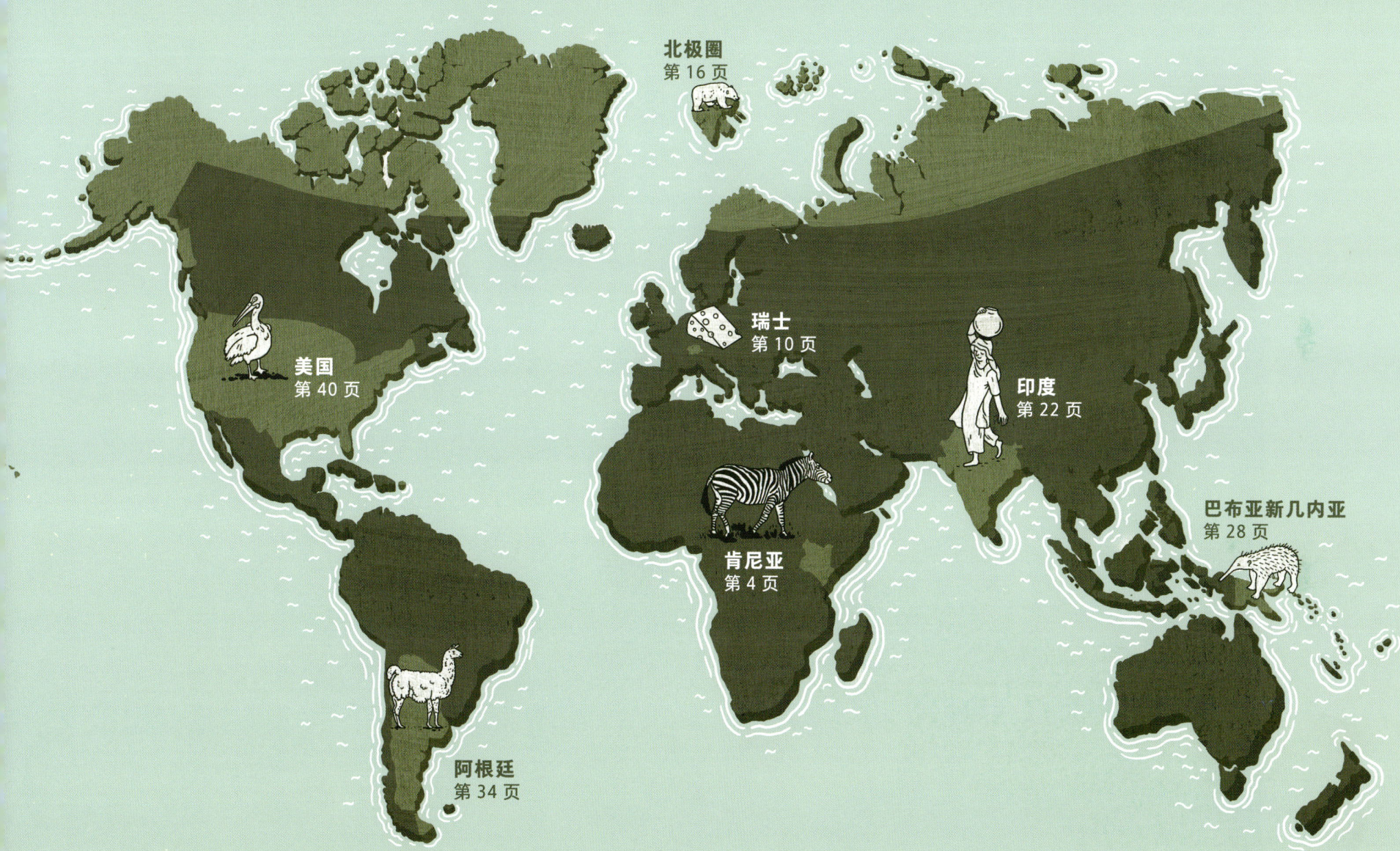

# 肯尼亚

**关于肯尼亚**

　　肯尼亚位于东非中部，濒临印度洋，与索马里、埃塞俄比亚、南苏丹、乌干达和坦桑尼亚接壤。这个国家共有四十多个民族，大多数居民生活在小村庄里。每个民族都有自己的语言。他们主要种植玉米、小麦、豆类、香蕉、高粱和水稻等作物。收成的好坏取决于雨季和旱季的时长。有的时候收成很好，牧场也郁郁葱葱；有的时候长期干旱，给人类和牛、羊等家畜的生存带来困难。许多人要靠辛苦工作来维持生计，但富有或贫穷不能仅用金钱来衡量。

　　这里有深受游客喜爱的雄伟壮观的非洲自然景观：阳光灿烂的海滩，美丽的维多利亚湖畔……从这里还可以眺望位于坦桑尼亚的海拔 5895 米的乞力马扎罗山，它孤独而威严地屹立在炙热的热带草原之上，顶峰终年覆盖白雪。不过，肯尼亚的野生动物才是这个国家真正的财富。斑马和羚羊成群结队地在这片土地上漫步。狮子、犀牛、野牛和大象是这片大草原上的统治者。河马、鲨鱼和海龟在水中畅游。这些动物在国家公园里会受到保护，但仍有偷猎者违反禁令捕杀犀牛和大象，贩卖犀角和象牙。

南苏丹
埃塞俄比亚
金合欢树
曼德拉
乌干达
国尔卡纳湖
犀牛
大象
狮子
索马里
长颈鹿
华氏麒麟
非洲驼鸟乌马塞亚种
火烈鸟
羚羊
大白鲨
赤道
维多利亚湖
珊瑚礁
河马
斑马
内罗毕
坦桑尼亚
乞力马扎罗山
越野车
蒙巴萨
海龟
印度洋

赤道将地球划分为南北两个半球。肯尼亚横跨赤道的南北两侧。

4

## 家庭日常生活

金蒂基一家住在热带草原上远离城市的一个小村庄里。这里没有楼房、街道和商店，也没有电视和电脑。不过，每家都有手机。金蒂基家的房子只有一个房间。他们有一小块土地，种着豆类作物和玉米，还养了一只山羊和一头奶牛，为家人提供羊奶和牛奶。金蒂基家有六个孩子，这在肯尼亚很普遍。在这里，有很多孩子对父母来说很重要。孩子们必须帮忙干家务活和农活，长大以后还要赡养父母——这一直是这里的传统。然而，孩子越多，国家的人口也就越多，要养活所有人也就越来越难。

金蒂基家的三个大孩子娅米拉、齐托和萨希尔负责看护牲畜，并防止它们遭到野兽的袭击。三个小一点的孩子阿利卡、卡迪娅和萨菲娅则负责收集柴火、帮助干农活和烧饭。茅屋里没有自来水，所以娅米拉、阿利卡、卡迪娅和萨菲娅还要帮家里运水。按照非洲的传统，这件事通常由妇女和小女孩来完成。她们常常要步行几千米才能到达最近的取水点，汲取干净的水供家人和牲畜使用。

许多肯尼亚人居住在这样的圆形茅屋里。

运水

早餐

茶
（Chai）*

大蕉
（Plantains）*

玉米糊
（Ugali）*

* 括号内是对应的斯瓦希里语。

5

## 上学去！

　　这里的学校不一定在家附近，也不是所有孩子都会去学校上学。有些孩子从爸爸妈妈或爷爷奶奶那里学会最重要的生活常识，比如去哪里寻找水源，怎么给牛羊挤奶，碰到野生动物时如何保护自己。

　　金蒂基家的孩子们就读的学校就在邻村。他们的父母认为读书、写字和算术非常重要，因此他们家的所有孩子都要上学。早上，吃完玉米糊、大蕉，喝完茶之后，娅米拉、齐托和萨希尔这三个大一点儿的孩子穿上校服一起去学校。他们得在尘土飞扬的热带大草原上步行约一个小时。天气炎热时，这样的长途跋涉是非常辛苦的，因此到达学校时，他们都有点儿累了。邻居家的孩子能稍微轻松一点，他们骑自行车去上学。但是乡下没有沥青马路，所以他们也快不了多少。

　　他们一路上都非常小心，因为野生动物白天也会在热带草原上活动。不过他们从小就学会了如何躲避狮子、鬣狗和大象。晨会之后，大家就开始上课了。学校上午下午都有课，孩子们走了那么远的路来学校，应该让他们多学点知识。

适应当地
炎热气候的校服

路边会出现的
危险动物

8

| 汉语 | 斯瓦希里语 |
|------|-----------|
| 学生 | WANAFUNZI |
| 家庭 | FAMILIA |
| 在家里 | NYUMBANI |
| 水 | MAJI |
| 动物 | WANYAMA |
| 早餐 | KIFUNGUA KINYWA |
| 朋友 | RAFIKI |
| 上学的路 | NJIA YA KWENDA SHULE |

## 在学校里

金蒂基家的孩子们所在的学校设施非常简陋。课桌和座椅都在室外。只有一棵大树能给大家带来一点儿阴凉。树下放着老师用的黑板。孩子们没有课本或地图，更不用说电脑，这些东西对他们来说都太昂贵了。他们只有纸和笔，用来学习写字和算术。

通常一位老师要教一百多个学生，因此老师不可能顾及每一个孩子。不过，小学对所有的孩子都是免费的，许多学校还为孩子们免费提供简单的午餐和足够的饮用水。在城市里，一些私立学校设施要好得多，但只有少数家庭上得起这样的学校。

大多数乡下的孩子刚去上学时都很不适应。特别是上课时要坐着不动，这让他们很不习惯。毕竟在家时，他们整天都在活动。但是他们知道，只有接受了良好的教育，才能帮助他们的家庭。他们虽然还是小孩，却已经能利用学到的知识帮助不会读书写字的父母。不过，既要干家务活，又要长途跋涉去学校学习，这是非常累人的。能长期坚持下来真不是件容易的事。

**午餐**
许多学校会免费提供
简单的午餐和足够的饮用水。

**晨会**
在规模较大的学校里，
所有学生和老师早上都要集合在一起，
举行升旗仪式。

9

# 瑞士

法国

德国

博登湖

巴塞尔

高山小屋

列支敦士登

奥地利

奶牛

阿尔卑斯长号

伯尔尼

岩羚羊

奶酪

卢加诺

怀表

洛桑

日内瓦湖

日内瓦

乌焦雷湖

意大利

**阿尔卑斯长号**
阿尔卑斯长号是瑞士山区
特有的乐器。用木头制成，
长度可达十多米。

## 关于瑞士

瑞士是欧洲中部的一个小国，
它周围的邻国有德国、奥地利、列支
敦士登、意大利和法国。瑞士以生产
昂贵的手表、巧克力和埃曼塔大孔奶
酪而出名，还有举世闻名的阿尔卑斯山
脉。这里有许多高山，其中阿尔卑斯山脉
的马特洪峰高达四千多米。

群山之间静卧着一千多个大大小小、风景
如画的湖泊。难怪瑞士深受世界各地游客的喜
爱。夏天，人们来这里徒步远足、登山、划船；
冬天则来滑雪。

瑞士人大多居住在山谷里的大城市里，比如苏黎世、伯尔尼、巴
塞尔或日内瓦。生活在瑞士不同地区的人说不同的语言，有德语、法
语、意大利语或拉丁罗曼语。这里的人说的德语有点特别：它的发音
以及某些词汇和德国的标准德语有很大区别。

## 家庭日常生活

许多生活在城市里的孩子都很羡慕莫里茨·布鲁纳，因为他住在别人度假的地方：瑞士阿尔卑斯山区的高山上。夏天，他能在草地上玩耍奔跑。冬天，山坡上有足够的积雪供他滑雪橇。莫里茨当然已经是一名滑雪高手了！不过，他有时候还是会觉得有点孤单，因为其他孩子都住得离他家很远，所以很少有孩子来找他玩。

莫里茨的父母有一座农场，他们养了三十头奶牛。这些奶牛在郁郁葱葱的高山草场上吃草。清晨和傍晚，他们都要把奶牛赶回牛棚里去挤奶。莫里茨经常帮助爸爸妈妈赶牛和挤奶，因此早上起得特别早。这很辛苦，但也很有意思。毕竟，奶牛也算得上是他们的家庭成员了。他能叫出每头牛的名字。

莫里茨干完活后才去吃早饭。他先吃最喜欢的燕麦粥，然后再吃一个涂了自制果酱的羊角面包。他早餐会喝一杯阿华田。这是一种用可可、大麦麦芽和新鲜牛奶制成的香甜饮料。它能补充能量，让莫里茨精神抖擞地面对新的一天。

**瑞士土豆饼**
这是一种瑞士特色菜肴，
由土豆丝和熏肉丁制成，
营养丰富。

**早餐**

* 括号内是对应的瑞士德语。

羊角面包
（ Gipfeli ）*

条状面包

炒蛋
（ Rüerei ）*

阿华田

茶

牛奶
（ Miuch ）*

燕麦粥
（ Müsli ）*

酸奶

11

**邮政巴士**
即使冰天雪地，
瑞士的邮政巴士也会
开到偏远的小山村去。

**岩羚羊与羱羊**
这两种动物最喜欢生活在
阿尔卑斯山地区陡峭的高山上。

## 上学去！

孩子们从四面八方涌入镇上的学校。这座小镇位于山谷底部。由于学生数量不足，山里的乡村小学早已关闭。孩子们都需要去镇上上学。住在学校附近的孩子步行，或者踩滑板车，或者骑自行车去上学。其他孩子则搭乘黄色邮政巴士上学，每天早上和中午，邮政巴士就会变成临时校车。冬天，有的孩子甚至会滑着滑雪板或乘雪橇去学校。

莫里茨上学要花的时间是所有孩子中最长的。他从山上的农场到山下的小镇要花一个多小时。放学后爬山回家，则需要更长的时间，也更累。因此每年山上索道开始运行时，莫里茨就开心极了。可惜索道并不是全年运行，它只在冬季和夏季有游客的时候才运行。到那时，索道车就变成了莫里茨的校车，他的上学之路不再是最劳累的，反而是最舒服的了。他一边悠闲地乘着索道车下山，一边数着农庄里的奶牛。运气好的话，他还能看到岩羚羊或羱羊在山上的岩石间跳跃。其实他也能在索道车里安心地学习一会儿，但是周围群山环绕的壮丽风景他怎么也看不够。即使是在夏天，山峰上也覆盖着积雪，这壮美的景色禁不住让人开始期待下一个假期的到来。

| 汉语 | 瑞士德语 |
| --- | --- |
| 嗨 | TSCHOU |
| 孩子 | CHING |
| 山脉 | BÄRGÄ |
| 奶牛 | CHUE |
| 奶酪 | CHÄS |
| 学生 | SCHÜELER |
| 谢谢 | MERCI |
| 朋友 | FRÜNDÄ |
| 上学的路 | SCHUEUWÄG |

## 在学校里

瑞士是一个非常富裕的国家，因此教室里都配备了现代化的课桌、舒适的座椅、黑板、地图和电脑。课本、作业本，有时甚至连铅笔和圆珠笔都向所有学生免费提供。老师会布置学习任务并给予辅导，但孩子们也经常独立或在小组内学习。每个孩子都能提出自己的观点，大家也会在学习上互相帮助。

在小学的头一两年里，许多孩子都要先学习德语。这是为什么呢？我们之前不是提到过瑞士德语吗？大多数孩子在家里和父母说的就是瑞士德语。但是他们如果想读书看报，那就必须学会标准德语。对他们来说，标准德语简直就是一门外语，尤其是对生活在山区的当地人来说。虽然经常会出现瑞士德语和标准德语混在一起说的情况，但大家还是能够互相交流的。不过这对莫里茨来说并不是问题。夏天经常有很多游客来参观他家的布鲁纳家庭农场，他已经从他们那儿学会了一些标准德语。

**溜冰和冰球**
这是瑞士深受欢迎的运动项目，并不仅仅只在冬天进行。

**校园交通协管员**
负责维持校门口的交通秩序，保证学生安全过马路。

# 北极圈

## 关于北极圈

　　冰冷的北极圈内区域分布在北极点的周围。北极圈的中央是北冰洋。北冰洋的大部分区域常年覆盖着厚厚的冰层。北极圈内包括欧洲、亚洲和北美洲的北部地区。到了夏季，北极圈内部分地区冰雪消融，只有少数植物能利用这个短暂的时期快速生长。解冻期间出现的主要植物是地衣和苔藓，偏南的区域也长有灌木和小型树种。只有少数人生活在北极圈内，他们主要居住在斯堪的纳维亚半岛北部、俄罗斯北部、格陵兰岛的大部分地区、加拿大的北部和美国阿拉斯加北部。

　　斯瓦尔巴群岛位于偏远的欧洲北部，首府为朗伊尔城。这些岛屿隶属于挪威，距离北极点仅一千多千米。朗伊尔城全年的常住人口只有约两千人。还有不少北极熊生活在岛上，它们是北极圈内最威猛的动物。北极熊的毛皮厚实，外观呈白色，因此它们不怕寒冷并善于在雪中隐蔽自己。北极熊甚至能在冰冷的海水中游泳，猎捕它们最喜爱的食物海豹。北极熊也吃鱼、海象、水鸟和驯鹿。

* 此图非完整的地球视图。

北冰洋

北极鸥

白喙斑纹海豚

独角鲸

东北地岛

北极狐

渡轮

驯鹿

教堂

斯瓦尔巴群岛

海象

科研船

全球种子库

格陵兰海

北极熊

朗伊尔城

海鸦

蓝鲸

霍恩松峡湾

巴伦支海

白鲸

划皮划艇的人

## 家庭日常生活

拉森夫妇带着他们的两个孩子斯文尼娅和亨利克全年都住在朗伊尔城——即使是冬天。在冬天，很多家庭会离开海岛。但爸爸拉森在挪威海防大队工作，无论天气多么寒冷，海防大队的人员都要执勤。不过斯文尼娅和亨利克并不是在朗伊尔城出生的。因为岛上没有大的医院，孕妇都需要乘坐飞机到挪威位于大陆的其他城市去生孩子。这里的生活很不容易，平常来往外界的交通方式是轮渡，但到了冬天，就只有去往挪威城市特罗姆瑟的飞机了。蔬菜、水果和其他新鲜食品都要从岛外运来，也非常昂贵，因为运输费用高昂。

冬天，住在斯瓦尔巴群岛的人们不仅要应对严寒，还要忍受漫长的黑夜。人们几个月都见不到太阳。斯文尼娅已经习惯了在黑暗和寒冷中度过冬天的大部分时间。他们家深红色的房子里温暖而明亮，非常舒适。这段时间最普遍的休闲活动之一当然就是看电视了。

而到了夏天，正好相反，有几个月每天24小时天都是亮着的。春天里的太阳一出来，斯文尼娅和她的朋友们就立刻跑到户外去享受阳光。他们会去滑雪或和雪橇犬一起在雪地里嬉戏。不过他们不能离家太远，因为北极熊有时会到城市附近来搜寻垃圾。孩子们和爸爸妈妈一起去山里或海边郊游时，大人也总是带着一支步枪以保护家人的安全。

早餐

\* 括号内是对应的挪威语。

**酸奶泡麦片**
( Jogurt med muesli )\*

**燕麦粥**
( Havregrøt )\*

**果酱面包**
( Brød med syltetøy )\*

**腌鲱鱼**
( Sursild )\*

**棕色奶酪**
( Brunost )\*

**牛奶、果汁**
( Mjølk, jus )\*

**咖啡、茶**
( Kaffe, te )\*

## 上学去！

　　朗伊尔城不大，所以斯文尼娅上学的路程并不远。学校八月底开学，即便在这个时候她也必须穿得暖暖和和地去上学——帽子、手套、厚厚的外衣，一样也不能少。这个季节的天气已经相当冷了，附近的山上也已经有了积雪。上学的路上常有驯鹿出现，但愿别碰上北极熊。冬天，斯文尼娅会踏着滑雪板去上学，一来速度更快一些，二来也当作锻炼身体了。到学校后，她把滑雪板插在教学楼前的雪中就行了。有些住得远的同学则由爸爸妈妈开着雪地车送到学校。等斯文尼娅再大一点，或许她就能独自开着爸爸的雪地车去上学了。这比在其他国家骑轻便摩托车要安全得多。雪地车操作起来也更简单。朗伊尔城的孩子们可不指望学校会在有暴风雪或冰冻三尺的时候关闭。这里的人们早已习惯了各种天气情况，而且室内都很暖和。学校里有足够的地方供学生放置上课时脱下的外套和靴子。穿着家居鞋学习可就舒服多啦！

**全球种子库**
相当于植物的"挪亚方舟"。这个用水泥砌成的库房里保存着一百多万份来自世界各地的植物种子。它们能在低温环境的保护下度过各种危机和自然灾害。

**皮划艇**
这是一项深受欢迎的运动项目。由于海水的温度极低，划艇者要尽量避免翻船。

**狩猎**
只有年龄大一点的孩子才能在老师的带领下进行狩猎活动。

20

驯鹿

北极熊

| 汉语 | 挪威语 |
|------|--------|
| 你好 | GOD DAG |
| 北极熊 | ISBJØRN |
| 驯鹿 | REINSDYR |
| 北极圈 | ARKTIS |
| 孩子 | BARN |
| 学校 | SKOLE |
| 动物 | DYR |
| 寒冷 | KALD |
| 滑雪者 | SKILØPER |
| 雪 | SNØ |
| 危险 | FARLIG |
| 山脉 | FJELLENE |
| 上学的路 | VEI TIL SKOLEN |

适用于斯瓦尔巴全部地区

**小心北极熊**
这样的警告牌在斯瓦尔巴到处都能看到。不过北极熊出现在城市里的概率还是很低的。

## 在学校里

朗伊尔城的学校可能是全世界位置最靠北的学校了。全校共十个年级，仅有两百多名学生，因此孩子们基本上互相之间都认识。孩子们需要上数学、生物和英语等课程。为了能在斯瓦尔巴寒冷的野外生存，他们还需要掌握其他知识。

他们在生物课上了解当地的动物，如海豹、海象、白鲸和北极鸥。除此之外，他们还要学习日常生活中一些很重要的实用技能，例如，如何避开北极熊，如何防止自己被雪崩掩埋。高年级的学生甚至会和老师一起狩猎并学习如何切割驯鹿。

斯文尼娅每年都会结识新同学，因为许多家庭都只在斯瓦尔巴待一段时间，然后就会返回大陆。因此她不得不一次次地和好朋友告别，然后再和新同学交朋友。拉森一家也不会永远都待在这里，不过目前全家还挺适应这个不同寻常的居住地。

21

# 印度

蓝孔雀

桑地陵

中国

巴基斯坦

尼泊尔

印度大沙漠

香料

不丹

牛奶赛纱丽
的妇女

斋浦尔

缅甸

孟加拉虎

恒河

耍蛇人

棉花

孟加拉国

板球

加尔各答

圣牛

阿拉伯海

孟买

孟加拉湾

座头鲸

印度象

印度星龟

印度洋

椰子树

斯里兰卡

## 关于印度

印度就像是悬挂在亚洲南部的一块小型大陆。它的北边是喜马拉雅山脉，这条山脉上有全世界最高的山峰，也是印度最重要和最神圣的河流恒河的发源地。印度的南部被印度洋包围。这个国家大部分地区的气候都非常炎热，不过在一些高山地区也会相当寒冷。季风会带来大量雨水，造成洪水泛滥。大约有十四亿人居住在印度，这几乎是全世界人口的五分之一。印度的人口密度之高在全球位居前列。在德里、孟买和加尔各答等人口多达上千万的大城市里，更是人挤人。

在印度生活着许多不同的民族和宗教团体。这里共有一百多种主要语言和大量各不相同的文字。绝大多数居民信奉印度教，除此以外，这里还有佛教、伊斯兰教和基督教的教徒。

## 家庭日常生活

拉姆一家住在恒河边上的一个大城市里。这里的许多人居住在非常狭窄的空间里，而且也不是每个人都能找到工作。和许多其他家庭一样，拉姆一家也非常贫穷。他们住在一间自己用木板和铁皮搭成的屋子里。不过拉姆家里有电和自来水。并不是所有的人家都能有这样的生活条件。和大多数印度人一样，拉姆全家都喜欢吃辛辣的食物，他们经常早饭就吃咖喱蔬菜、煎饼蘸酸辣酱或扁豆糊。

拉姆家的孩子丽拉、巴尔代夫、阿吉特和杰伊很幸运，他们能去上学。而许多穷人家的孩子会被他们的父母送去做工挣钱。女孩子去缝衣服或织地毯，男孩子则在工厂或采石场干活。尽管雇佣童工是违法的，但许多孩子经常不得不为了增加家庭收入而去工作。

丽拉和她的三个弟弟在家里的地位并不平等。儿子对父母来说更重要，因为他们长大了要赡养父母。印度的某些地方并没有国家养老保险制度。像丽拉这样的女孩子结婚后就会离开父母家，而且按照传统，新娘的父母要向新郎的家庭支付昂贵的嫁妆，比如金钱或首饰。

\* 括号内是对应印地语的拉丁字母转写。

**油炸咖喱饺**
（ Samosas ）\*

**空心油炸饼配鹰嘴豆**
（ Puri, dazu Kichererbsen ）\*

**土豆和洋葱炒米饭**
（ Poha ）\*

**煎饼配酸奶和酸辣酱**
（ Masala Dosa ）\*

**浓茶或咖啡**
（ Majaboot meethee chaay ya kophee ）\*

**早餐**
一家人正在吃早餐。吃饭的时候大家都席地而坐。这是印度的传统习俗。他们用芭蕉叶当盘子，用手抓饭菜吃。

23

**上学去！**

　　印度人都特别喜爱穿五颜六色的服装，尤其是当地的女性：她们身着举世闻名的纱丽，把长长的丝绸巧妙地缠绕在身上。不过学校对学生有严格的着装要求。每天早上，丽拉、巴尔代夫、阿吉特和杰伊都要穿着校服去上学。

　　四姐弟刚一出门，就陷入了混乱的交通之中，这在印度的大街小巷非常普遍。小贩在道路两旁搭起了果蔬摊或小吃摊。小汽车、大巴、摩托车和自行车纵横交错、杂乱无章。大街上充斥着叫卖声、喇叭声等各种噪声。路边偶尔还躺着一两头圣牛。有时候甚至会有大象横穿街道。

　　由于交通信号灯很少，而且有的司机根本无视它们的存在，因此在印度过马路非常危险。如果你能负担得起，你可以选择搭乘人力三轮车。它们虽然速度缓慢，却能带着乘客平安地穿过密集的车流。有些三轮车还安装了引擎，但它们在日常拥堵的交通中也快不了多少。这种机动三轮车穿梭在印度的各大城市里，

制造了大量噪声和废气。它们也经常被改造成校车，最多能运送二十个孩子。

**牛**
印度教教徒将牛视为神圣的动物，因此他们禁止杀牛。

**人力三轮车**

**纱丽**

## 在学校里

有钱人的孩子会去昂贵的私立学校读书。全世界规模最大的小学位于印度北部的勒克瑙市——这里大约有五万名学生。大多数孩子和丽拉及其弟弟们一样，不仅家里很贫穷，学校条件也不好。他们的教室设立在简陋的房屋里。不是每个学校都能提供黑板和先进的电子设备。在有些乡下的学校里，所有年级的学生甚至要挤在一间教室里上课。实在没有别的办法时，教室也会设在户外甚至大桥下面。公立学校都是免费的，但学校没有足够的教室，因此一个班有时会挤着坐将近八十名学生。在这样的条件下，孩子很难集中注意力学习和听讲。孩子们除了要学习写字、算术和自然历史以外，也要

| 汉语 | 印地语及其拉丁字母转写 | |
| --- | --- | --- |
| 学校 | स्कूल | SKOOL |
| 孩子 | बच्चे | BACHCHE |
| 大象 | हाथी | HAATHEE |
| 朋友 | दोस्त | DOST |
| 街道 | सड़क | SADAK |
| 班级 | वर्ग | VARG |
| 牛 | गाय | GAAY |
| 上学的路 | स्कूल का रास्ता | SKOOL KA RAASTA |

桌椅属于稀有物品，
因此孩子们经常
席地而坐。

上体育课。曲棍球和板球是最受欢迎的体育项目。丽拉和她的弟弟们想学好英语，这样他们以后就能找到好的工作。

**午餐**
通常有米饭、蔬菜、扁豆糊和酱汁。

**板球和曲棍球**
深受孩子们喜爱的运动项目。

**校服**
每所学校都有自己的校服。这样做的目的是防止学生相互攀比，竞相购买昂贵时髦的服装。

27

# 巴布亚新几内亚

丛林飞机

**关于巴布亚新几内亚**

巴布亚新几内亚位于世界第二大岛新几内亚岛的东部。高耸的山脉、茂密的原始森林遍布全岛。这里有许多几乎与世隔绝的偏远山村，几乎没有马路，只有一些供小型丛林飞机起降的飞机跑道，以运送邮件和药品。

这里的山谷和海岸生长着热带雨林。气候既炎热又潮湿。极乐鸟、树袋鼠等动物以及全世界最大的蝴蝶都在这里栖息。除了主岛以外，巴布亚新几内亚境内还有 600 多座小岛。这里的大多数居民也都过着远离尘世的生活。由于人们彼此相隔很远，久而久之就形成了很多不同的语言和生活方式。巴布亚新几内亚共有 820 多种语言，是全世界语言最丰富的国家之一。为了方便所有巴布亚新几内亚人的沟通，人们创造了通行的日常用语皮金语。

住在偏远地区的居民至今仍保留着自己的传统习俗。猪是当地人最珍贵的财产。戴有华丽假发的胡里维格曼人也举世闻名。每逢节日或特别的场合，他们用真头发制成华丽的假发戴在头上，上面装饰着五颜六色的极乐鸟羽毛。

芋螺

蓝喉鹀盔犀鸟

俾斯麦海

犀鸟

猪笼草

极乐鸟

短吻海豚

拉穆河

马当·新几内亚鳄

新不列颠岛

布干维尔岛

木槿花

寒皮克河

鹤鸵

印度尼西亚

树袋鼠

戴假发的胡里维格曼人

针鼹

所罗门海

亚历山大女皇鸟翼凤蝶

巴布亚湾

莫尔兹比港

蝠鲼

贝币

珊瑚海

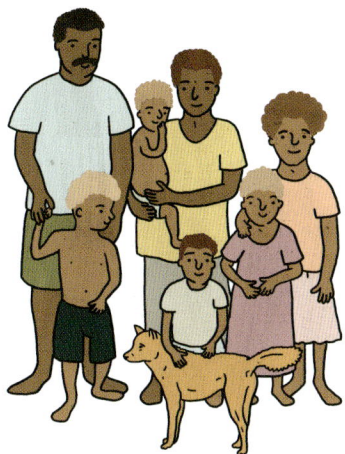

## 家庭日常生活

巴布亚新几内亚的城市并不多，大多数居民都生活在乡村里。八岁的玛丽茜萨和她的爸爸妈妈及四个弟妹甚至住在雨林里。他们家的小屋子是用树干和棕榈叶搭起来的，只有一个房间。他们每天的生活起居都在这间屋子里。小屋是被木桩架起来的，这样可以防止野兽闯入，雨季的时候屋内也不易受潮。和乡下几乎所有的地方一样，他们家里没有电，当然也没有电视和网络。

但是这里的人们和大自然紧密地联结在一起。玛丽茜萨的父母在屋前建了一个很大

**猪**
猪在巴布亚新几内亚拥有特殊的地位。它是全家第一个吃早饭的。

的果蔬园，里面种了蔬菜及菠萝、杧果、椰子和木瓜等水果。他们一家人很少吃肉，偶尔会吃一只鸡或从河里抓来的鱼，只有过节的时候家里才会杀一头猪。对于居住在海岸边的人们来说，西谷椰树是食物的重要来源。把树砍倒之后，全家人一起动手费力地刮出树干的木髓，再把其中所含的淀粉淘洗出来，加工成西谷米粉。玛丽茜萨的妈妈把米粉做成西米松饼，这种点心巴布亚新几内亚人每天都吃。树干中还寄生着很多小蠕虫，它们对当地人来说可是一种美食，为人体提供了重要的营养补给。

雨林还为人类提供了生活所需的其他材料。除了建筑房屋所用的木料和烹饪食物所需的木柴以外，鼓和竹笛等乐器以及孩子们的玩具都可以用树木或树叶来制作。

\* 括号内是对应的皮金语。

**早餐**

**西谷椰虫**
( Ol liklik snek long saksak )*

**用西谷米粉做的松饼**
( Kek bilong saksak )*

**木瓜**
( Popo )*

**杧果**
( Mango )*

**菠萝**
( Painap )*

**椰子**
( Kulau )*

## 上学去！

由于玛丽茜萨的弟弟和妹妹年龄还小，所以她是家里唯一去上学的孩子。

去雨林学校上学可不容易啊！这里没有马路，陡峭的山坡和汹涌的河流让密林中的泥路变得非常危险。最方便、速度最快的路是一条小河。玛丽茜萨和她的几个同学会结伴一起划独木舟去上学。独木舟是她爸爸做的。这几个孩子每天要冒着炎热划大约一个小时。这样一来，他们在上学前和放学后都已经进行了大量的运动。

孩子们最后还要步行一阵子才能到达学校。他们把独木舟拴在树干上，穿过一座木桥后，还要再走过一片丛林。年龄大一点的孩子会随身携带一把砍刀，必要时就会用砍刀在丛林中砍出一条路来。

**锣**
上课前，学校里会响起锣声，提醒所有的学生一起去做课前祷告。

**砍刀**
这种长刀的用途非常多，不仅在家里会用到，也是非常重要的园艺工具。

**必隆包**
这是一种传统的编织袋，也可以用作书包。和几乎所有出产于巴布亚新几内亚的手工编织物一样，它也是人们用树叶和纤维手工制成的。

## 在学校里

在巴布亚新几内亚，基本上每个孩子都要去上学，不过大多数孩子只上到八年级。不同的学校设施不一样。有些学校很小，孩子们就在一个简陋的屋顶下上课。在玛丽茜萨的学校里，有的孩子只上到六年级。有些女孩子很早就退学了，因为她们得帮着做家务并照料弟弟妹妹。许多父母也负担不起高年级的学费。

雨林学校只有一间教室，老师要同时给所有的班级上课，不过教室里还是很有秩序。各个年龄段的孩子分组坐在一起，他们的功课也不一样。老师一个组一个组地进行辅导。除了读书、写字和算术，学校也教授园艺、宗教、文化、地理、生物和绘画。尽管天气炎热，体育课仍然深受孩子们的欢迎。

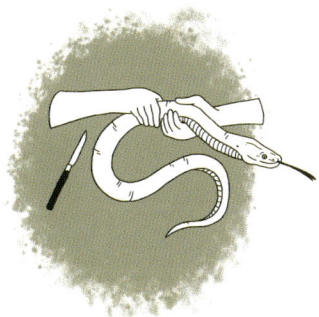

玛丽茜萨很想学英语。和大多数孩子一样，她会说她所属部落的语言和皮金语，这是一种将英语和美拉尼西亚语混合在一起的语言。几千米之外的邻村说的已经是另一种语言，不会皮金语的话她就无法与他们交流了。玛丽茜萨只有掌握了英语和皮金语，以后她才有可能去首都莫尔兹比港上大学。她的梦想是当一名医生。

**解剖蛇**
在巴布亚新几内亚，孩子们也要学习如何解剖蛇。

**舞蹈**
舞蹈是巴布亚新几内亚文化的重要组成部分。跳舞时，孩子们把身上涂得五颜六色。他们在鼓和竹笛的伴奏下用舞蹈表现部落里发生的事件。

| 汉语 | 皮金语 |
| --- | --- |
| 早餐 | KAKAI |
| 家庭 | FAMILI |
| 孩子 | PIKININI |
| 动物 | ABUS |
| 水 | WARA |
| 学习 | LAINIM |
| 上学的路 | ROD IGO LONG SKUL |

# 阿根廷

## 关于阿根廷

    阿根廷的面积很大。它和邻国智利一起占据了整个南美洲南部。两国之间的自然分界线是巍峨的安第斯山脉，这里是美洲驼、原驼和美洲豹的家园。海拔 6960 米的阿空加瓜山也矗立在这里，它是整个美洲最高的山峰。大西洋与太平洋在阿根廷的最南端交汇，使得这里狂风呼啸，冰冷刺骨。不过这里却是企鹅、海狮和蓝鲸自在生活的家园。

    由于大多数人住在首都布宜诺斯艾利斯以及罗萨里奥、科尔多瓦、门多萨和萨尔塔等大城市里，因此阿根廷的其他地区人烟稀少，只有零星的小型村落分散在潘帕斯草原上。潘帕斯草原的自然环境较为干燥，有的地方平坦，有的地方丘陵起伏，到处长满了杂草和小型灌木。

    庞大的牛群和羊群终年在野外吃草。阿根廷牧人负责看管这些牛羊。他们以前骑在马上，如今大多驾驶着越野车。

**马黛茶**
当地的一种花草茶。这种茶通常泡在带吸管的特制茶壶里，成年人基本上整天都离不开它。孩子们可不喜欢喝它。马黛茶味苦，和咖啡一样含有许多咖啡因。

**牛肉**
阿根廷牛肉被出口到世界各地。

## 家庭日常生活

　　瓦伦缇娜、马努埃尔和他们的爸爸妈妈一起生活在阿根廷最偏远的南部地区巴塔哥尼亚。按照西班牙语国家的习俗，孩子们都有两个姓氏，即父亲的姓（如洛佩斯）和母亲的姓（如费尔南戴斯）。因此这两个孩子的全名就分别是瓦伦缇娜·洛佩斯·费尔南戴斯和马努埃尔·洛佩斯·费尔南戴斯。他们的爸爸是牧人，在一个大牧场里放牛。由于远离城市，这里没有那些生活在首都布宜诺斯艾利斯的孩子以为理所当然的设施，比如电影院、餐厅、体育馆等。不过，孩子们可以在整个牧场里安全自由地活动。等再长大一点，他们就能骑马去一望无际的潘帕斯草原郊游了。

　　早上起床时，大家还都迷迷糊糊的，这是因为他们每天都睡得很晚。这里的人们晚上九点到十点之间才开始吃晚饭，而且每天的晚饭基本都会有一大块烤牛肉。他们一家人都很喜欢吃肉，而牛肉在这里也很便宜。早饭很简单：爸爸妈妈喝咖啡或马黛茶，吃牛角包；孩子们喝牛奶，吃涂了焦糖酱的烤面包片。

*括号内是对应的西班牙语。

早餐

| 果酱面包片 | 牛奶焦糖酱 | 酥皮饼干 | 半月形牛角包 | 橙汁、水和咖啡 |
|---|---|---|---|---|
| ( Tostadas con mermelada )* | ( Dulce de leche )* | ( Criollitas )* | ( Medialuna )* | ( Jugo de naranja, agua, café )* |

35

## 上学去！

由于瓦伦缇娜和马努埃尔很晚才和父母一起吃完晚饭，他们早上起床总是很困难。还好他们能趁学校的午休时间补一觉。不过首先他们得到学校去。

牧场里的孩子很早就开始学骑马。瓦伦缇娜已经相当熟练，不仅能自己骑马去学校，还能带着弟弟一起上路。弟弟在上幼儿园，他因为年龄太小还不能自己骑马。尽管有时天气非常寒冷，但每天早上的上学之路对姐弟俩来说，既是一次小小的历险也是一趟快乐的旅行。骑行在大自然中，他们不用理会交通信号灯和人行横道这些规则，但要避开潘帕斯草原上悠闲穿梭的牛群。这里的牛可比人多多了！

像瓦伦缇娜和马努埃尔这样带着点儿惊险刺激的上学之路在阿根廷是不多见的。别的孩子通常步行或由父母开车送去学校。所以很多孩子都很羡慕这姐弟俩。

**安第斯神鹫和原驼**
巴塔哥尼亚地区最常见的野生动物。

**校服**
小学生的校服是一件薄薄的白色外套。

| 汉语 | 西班牙语 |
|---|---|
| 学校 | ESCUELA |
| 孩子 | NIÑOS |
| 朋友 | AMIGO |
| 饭菜，食物 | COMIDA |
| 家庭 | FAMILIA |
| 马 | CABALLO |
| 动物 | ANIMALES |
| 学习 | ESTUDIAR |
| 上学的路 | CAMINO A LA ESCUELA |

**足球**
阿根廷的国民级运动项目。许多学生课间休息时都在足球场上踢球。

**阿根廷饺子**
这是一种美味的课间点心，它的馅是用奶酪和肉做成的。

**探戈**
这是一种著名的舞蹈，它诞生于布宜诺斯艾利斯，受到世界人民的喜爱。

## 在学校里

学校通常早上七点半开始上课。乡下的学校只上半天课。所有的学生都要穿校服，小学生的校服是一件薄薄的白色外套。所有师生先在大礼堂里集合，升国旗，唱国歌。

阿根廷人非常热爱自己的国家，优秀的足球运动员更是全国人的骄傲。阿根廷国家足球队曾三次获得世界杯冠军。这里的每个人都知道马拉多纳和梅西等超级巨星。

师生间的关系非常友好，问候时他们会互相亲吻脸颊。辅导员深受孩子们的爱戴，他每天早上都要点名，孩子们有什么问题也都去找他。

牧场上的学校很小，学生的数量也很少。尽管如此，瓦伦缇娜还是希望自己能在这里学到很多东西，以后她就能去附近城市里的中学上学。虽然乡村的生活对孩子们来说非常美好，但瓦伦缇娜并不想长大以后去放牛。她梦想着能去遥远的首都布宜诺斯艾利斯生活，有朝一日她或许能在那里成为一名著名的探戈舞演员。

# 美国

图腾柱

印第安帐篷

印第安人

加拿大

总统山

帝国大厦

密苏里河

国会大厦

波士顿

金门大桥

棒球

纽约

旧金山

公路 66号

白头海雕

芝加哥

华盛顿

自由女神像

大西洋

美洲鹈鹕

拉斯维加斯

万圣节

餐车

汉堡

洛杉矶

牛仔竞技

热狗

亚特兰大

大白鲨

迈阿密

太平洋

巴哈马

夏威夷群岛（美）

座头鲸

古巴

海地

多米尼加

波多黎各（美）

墨西哥

牙买加

伯利兹

危地马拉

洪都拉斯

* 此图未显示美国阿拉斯加州及部分海外领地。

40

## 关于美国

美国是美利坚合众国的简称，位于大西洋和太平洋之间。除了大陆上紧靠在一起的四十八个州，美国还包括另外两个州——西北部的阿拉斯加州和远海中的夏威夷州——和哥伦比亚特区，以及一些联邦领地及海外领地。

很久以前，北美大陆上居住着大量印第安人。后来，冒险者和移民从欧洲来到这里。他们向土著居民发动战争，将他们驱逐到很小的保留区内。从那以后，美国逐渐发展成一个移民国家，来自世界各地的人们都期待着能在这个新的家园生活得更好。拥有不同国籍、不同肤色和不同文化传统的人们构成了一个混合体。他们一般用英语进行交流，但在与墨西哥接壤的边界地区，人们也经常使用西班牙语。

美国中部有辽阔的麦田和玉米地。大多数美国人居住在大城市及其郊区里，因为那里的就业机会很多。美国拥有全世界最发达的经济和工业体系，许多大公司如苹果、可口可乐都诞生在美国。纽约以其摩天大楼闻名于世，但芝加哥、迈阿密、洛杉矶和旧金山等城市的高楼大厦也是这些城市的一道风景线。

**早餐**

**皮卡**
一种小型家用货车。敞开式的车厢上能放很多行李。

## 家庭日常生活

帕克尔家的独栋房子坐落在加利福尼亚州一座大城市的近郊。邻近街区里有很多相似的房子。家家户户都有修剪得整整齐齐的草坪和一间大车库。这些住宅区里没有商店，因此人们买什么东西都得开车前往。和许多美国家庭一样，帕克尔一家无论是去上班、购物、运动还是周末出去郊游，都开着他们的皮卡车。

清晨通常是帕克尔一家人最忙碌的时候。由于去城里的路相当远，因此爸爸妈妈和三个孩子杰瑞、艾米和吉姆得及时出门。他们一个接一个地来到大厨房。妈妈已经准备好了早饭。她时不时地在电脑上阅读新闻，并查看上班的道路是否拥堵。

为了节省时间，杰瑞和艾米通常就喝杯橙汁，吃点牛奶泡玉米片，另外再带一个美味的蓝莓玛芬蛋糕在赶校车的路上吃。小吉姆还得靠爸爸来喂粥，吃完后再由爸爸开车送去幼儿园。每个人都盼望着周末的到来，到时候大家就能吃上一顿丰盛的早餐——有松饼、布朗尼蛋糕、培根、煎蛋和黄豆。

\* 括号内是对应的英语。

**松饼**
（Pancake）*

**甜甜圈**

**华夫饼**
（Waffle）*

**布朗尼蛋糕**

**玛芬蛋糕**

**牛奶泡玉米片**

**百吉饼**

**煎蛋、培根、黄豆和小肉肠**
（Eggs, bacon, beans, sausages）*

**果酱面包片**
（Toast with marmalade）*

**牛奶**
（Milk）*

41

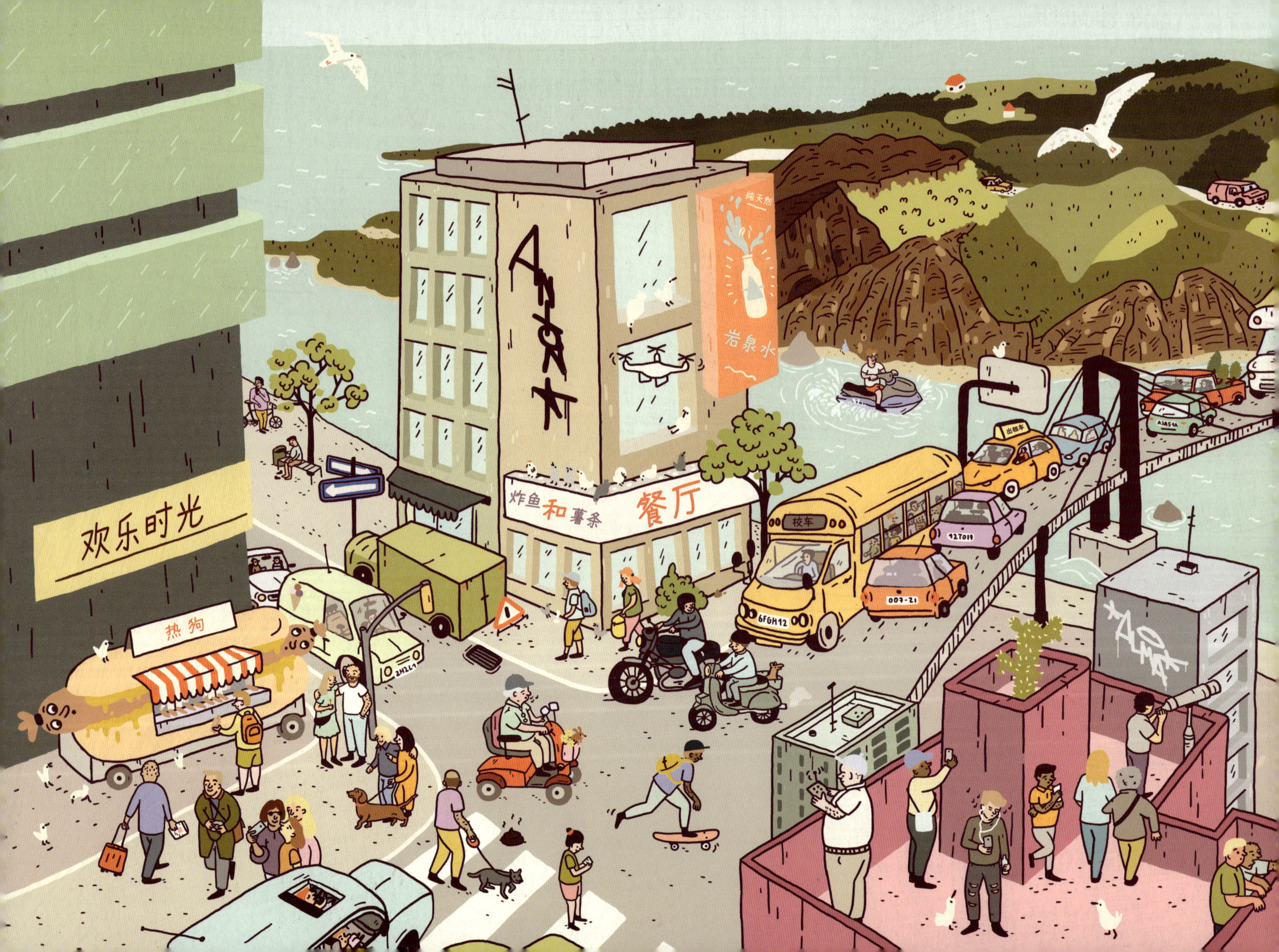
欢乐时光
热狗
炸鱼和薯条
餐厅
纯天然
岩泉水
校车
出租车
6FGH12
007-21

## 上学去！

帕克尔家所在的小区里没有学校。因此艾米和杰瑞每天早上都和邻近的孩子们一起在街角等校车。美国各地的校车都漆成了显眼的黄颜色。到了下午，校车再把学生们送回家。交通协管员负责维持交通秩序。他手举红色的"停车牌"拦住过往车辆，这样孩子们就能安全地穿过马路登上校车。

车厢内已经相当嘈杂了。杰瑞找到他的同学后，开始跟他们一起聊天。所有人都在七嘴八舌地说话。校车司机偶尔会通过后视镜警告大家安静一点。不过他知道，孩子们之间总有很多话要说。艾米不喜欢车里的吵闹声。她本想集中精力和好朋友丽萨对一下数学作业，但是这在喧闹的车厢中根本办不到。

于是她朝窗外看去，欣赏着路过的一幢幢高楼大厦。她希望自己长大了能在最高的那幢摩天大楼里工作。那样，整个城市就都在她的脚下了。今天校车在拥挤的道路上堵了几分钟，所以她有时间去梦想未来的生活。不过最后大家还是准时到达了学校。

**父母接送**
有些孩子由父母开车送去学校。

**午餐盒**
孩子们的书包里带着午餐盒，里面装着当作午饭吃的三明治和饼干。

**交通协管员**
负责拦住过往汽车，以便孩子们能安全穿过马路。

## 在学校里

到学校之后，孩子们先去储物柜。和其他孩子一样，艾米和杰瑞也各有一个小柜子，他们可以把外套、午餐盒以及前面几节课不需要的书本放在里面。然后，他们走进教室宣誓——学生们每天早晨都要一起承诺做一个优秀的美国人。这之后才开始上课。

老师很少站在全班同学前面讲课。学生们大多分成几个小组围坐在一起，要么独立要么合作地完成作业。他们可以用平板电脑查阅资料或把做好的作业储存在手提电脑上。杰瑞已经盼着下午的体育课了，但愿到时候能玩美式橄榄球——一项对椭圆形皮球展开激烈争夺的运动。他不太喜欢棒球，因为他用棒球棍总是打不着球。艾米不是很擅长运动。不过今天的地理考试她做得比谁都快，于是她又开始幻想未来：等她毕业的那一天，她会在激动人心的毕业典礼上获得毕业证书，然后她就能去大学里学习计算机科学了。

**储物柜**
孩子们把他们的随身物品放在柜子里。

**学术帽**
学生在毕业典礼上会戴着这样的礼帽。

**啦啦队**
女孩子们在赛场外用歌唱和舞蹈来为自己的橄榄球队加油。

**美式橄榄球和棒球**
最受孩子们欢迎的运动项目。

| 汉语 | 英语 |
| --- | --- |
| 学生 | STUDENT |
| 学校 | SCHOOL |
| 早餐 | BREAKFAST |
| 校车 | SCHOOL BUS |
| 朋友 | FRIEND |
| 嗨 | HELLO |
| 谢谢 | THANKS |
| 家庭 | FAMILY |
| 上学的路 | WAY TO SCHOOL |

把你的上学之路
画在这里吧！

谨将此书献给阿尔玛、安东
以及全世界所有的孩子

特别感谢福尔克尔·梅内尔特、琳达·拉默斯、
杨·里希特以及其他朋友和家人对我的大力支持。

图书在版编目（CIP）数据

我们这样去上学！/（德）莉娜·谢弗著；风雷译．
福州：海峡书局，2024. 10. -- ISBN 978-7-5567-1259-
5

Ⅰ . I516.85
中国国家版本馆 CIP 数据核字第 2024Q20G76 号

Author/Illustrator: Lena Schaffer
Title: Wir gehen zur Schule! Von Kenia bis Amerika
Copyright © 2019 Gerstenberg Verlag, Hildesheim
Chinese language edition arranged through HERCULES Business & Culture GmbH, Germany

本书中文简体版权归属于银杏树下（北京）图书有限责任公司

著作权合同登记号 图字：13-2024-046
审图号：GS 京（2024）1406 号
本书插图系原文原图，地图为原书手绘图，非标准地图。

出 版 人：林前汐
选题策划：北京浪花朵朵文化传播有限公司　　　出版统筹：吴兴元
编辑统筹：冉华蓉　　　　　　　　　　　　　　　责任编辑：廖飞琴　俞晓佳
特约编辑：王方志　　　　　　　　　　　　　　　营销推广：ONEBOOK
装帧制造：墨白空间·闫献龙

**我们这样去上学！**
WOMEN ZHEYANG QU SHANGXUE!

著　　者：［德］莉娜·谢弗　　　　　　　　译　者：风　雷
出版发行：海峡出版发行集团
　　　　　海峡书局
地　　址：福州市白马中路 15 号海峡出版发行集团 2 楼
邮　　编：350004
印　　刷：河北中科印刷科技发展有限公司　　　开　本：889mm×1230mm　1/16
印　　张：3　　　　　　　　　　　　　　　　　字　数：80 千字
版　　次：2024 年 10 月第 1 版　　　　　　　　印　次：2024 年 10 月第 1 次印刷
书　　号：ISBN 978-7-5567-1259-5　　　　　　定　价：58.00 元

读者服务：reader@hinabook.com 188-1142-1266　投稿服务：onebook@hinabook.com 133-6631-2326
直销服务：buy@hinabook.com 133-6657-3072　　官方微博：@ 浪花朵朵童书